Dans la même collection :

- Le cirque
- La maison hantée
- Gorga, le monstre de l'espace
- Un robot bien à toi
- La chose verte
- Alerte dans l'espace
- Safari dans la jungle
- Au secours, je rapetisse !
- Port-au-Fantôme
- Au pays des chevaux sauvages
- La créature mystérieuse de la Mare-à-Meunier
- L'astronef à la dérive
- Voyage au pays des rêves
- À la recherche de Champie
- Au temps des dragons
- La Tour de Londres
- Le monstres du potager
- Aventures dans le Grand Nord

LA CRÉATURE MYSTÉRIEUSE DE LA MARE-À-MEUNIER

SUSAN SAUNDERS

ILLUSTRATIONS : TED ENIK

TRADUIT DE L'ANGLAIS PAR
MARIE-ANDRÉE CLERMONT

EH Héritage jeunesse

Dépôts légaux : 1er trimestre 1988
Bibliothèque nationale du Québec
Bibliothèque nationale du Canada

ISBN : 2-7625-4854-3 Imprimé au Canada

LES ÉDITIONS HÉRITAGE INC.
300, Arran, Saint-Lambert, Québec J4R 1K5
(514) 672-6710

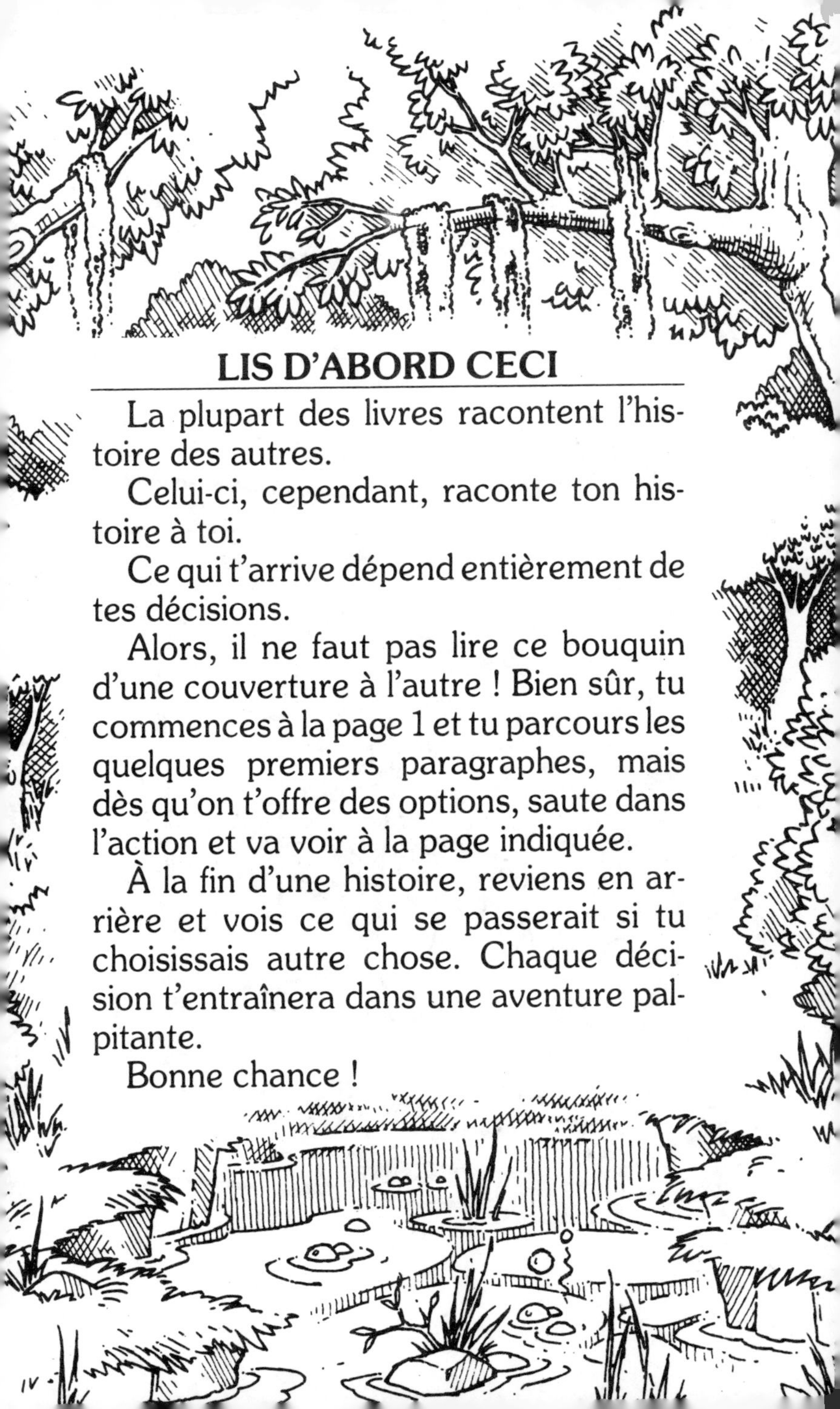

LIS D'ABORD CECI

La plupart des livres racontent l'histoire des autres.

Celui-ci, cependant, raconte ton histoire à toi.

Ce qui t'arrive dépend entièrement de tes décisions.

Alors, il ne faut pas lire ce bouquin d'une couverture à l'autre ! Bien sûr, tu commences à la page 1 et tu parcours les quelques premiers paragraphes, mais dès qu'on t'offre des options, saute dans l'action et va voir à la page indiquée.

À la fin d'une histoire, reviens en arrière et vois ce qui se passerait si tu choisissais autre chose. Chaque décision t'entraînera dans une aventure palpitante.

Bonne chance !

Faut-il y voir l'effet des bizarres sautes d'humeur de Dame Nature au cours de l'hiver ? Cette vague de froid sibérien suivie sans transition d'un réchauffement quasi printanier... Cette alternance inhabituelle de gel et de dégel a sûrement brassé la boue au fond de la Mare-à-Meunier comme elle ne l'a pas été depuis belle lurette. Oui, peut-être.

Ou alors c'était écrit, tout simplement, que ça devait arriver cet été...

Toujours est-il qu'en ce premier jour des vacances, toi et ton ami Alex décidez d'aller taquiner le poisson. Munis de vos cannes à pêche et de quelques beaux vers bien engraissés, vous enfourchez donc vos bicyclettes et pédalez jusqu'à la Mare-à-Meunier.

Passe à la page 3.

Après avoir déniché un petit coin tranquille, vous appâtez vos hameçons et vous lancez vos lignes à l'eau.

À peine quelques minutes se sont-elles écoulées que ton flotteur se met à bouger, et le voilà qui cale ! Mais tu as beau tirer sur la gaule, elle ne bouge pas d'un millimètre.

— Ton hameçon a dû se prendre dans une roche, suppose Alex. Je vais aller te le décrocher.

Joignant le geste à la parole, ton copain entre dans la mare. Il a déjà de l'eau jusqu'aux genoux quand une violente secousse agite ta canne à pêche et l'arrache de tes mains.

Saute à la page 6.

Vous feriez mieux de lever l'ancre pendant qu'il en est encore temps !

Alex et toi courez donc vers vos vélos, mais la Créature vous suit — lentement d'abord, puis de plus en plus vite à mesure qu'elle s'habitue à l'atmosphère en dehors de l'eau.

Et vous avez beau pédaler de toutes vos forces, elle vous talonne de très près.

— Roulons jusqu'à la rue Principale, halète Alex.

L'idée n'est pas mauvaise : il y aura beaucoup de monde là-bas pour vous venir en aide. Mais ta maison est beaucoup plus proche.

Si tu réponds : « Allons plutôt chez moi »,
passe à la page 8.

Si tu approuves la suggestion d'Alex,
saute à la page 26.

— Mondouseigneur ! s'exclame Alex, les yeux écarquillés.

Dans l'eau, juste devant lui, surgit une grosse tête de couleur or verdâtre, surmontée d'une nageoire centrale et munie de deux yeux globuleux. Recrachant ton hameçon, la Créature se redresse et sort de la mare. Elle a les bras et les jambes recouverts d'écailles rutilantes et le corps entouré d'une carapace verte.

— Décampons ! hurle Alex.

Mais tu hésites : tu as économisé pendant des mois pour te payer cet équipement de pêche. La Créature a les yeux fixés sur Alex. Devrais-tu saisir ta canne avant de te sauver ?

Si tu décides de t'enfuir sans demander ton reste, reviens à la page 5.

Si tu préfères reprendre d'abord ta canne à pêche, passe à la page 10.

Sitôt chez toi, vous abandonnez vos vélos et filez à l'intérieur. Claquant la porte, vous vous empressez de tirer le verrou. Puis vous risquez un oeil à la fenêtre et que voyez-vous ? Eh oui ! La Créature est toujours à vos trousses, en train de traverser la barrière du jardin !

Des aboiements se font entendre, venant du jardin justement.

— Oh non ! s'affole Alex. C'est Tartarin ! Le monstre va n'en faire qu'une bouchée !

Tartarin est le vieux colley d'Alex. Chose curieuse, cependant, c'est la Créature qui semble en avoir peur. Elle gratte doucement la porte en émettant un bruit étrange, comme si elle te suppliait de la laisser entrer.

Pas question de lui ouvrir ! Ou alors ne devrais-tu pas ? Après tout, elle n'est pas tellement plus grande que toi, cette Créature ! Et d'ailleurs, tu cours sans doute plus vite qu'elle, de sorte qu'en cas d'urgence, tu pourrais lui échapper. Sauf que son apparence n'est guère rassurante ! Peut-être devrais-tu lui tendre un piège et appeler la Société canadienne de protection des animaux (la S.P.C.A.).

Voilà qu'elle agite la poignée, maintenant. Ta main se porte vers la serrure.

Si tu décides de laisser entrer la Créature, passe à la page 20.

Si tu préfères l'attirer dans le garage, saute à la page 16.

Tu tends la main vers ta canne à pêche, mais la Créature, elle, c'est vers *toi* qu'elle tend la sienne. Elle réussit même à te saisir au poignet, et elle te tire dans la Mare-à-Meunier. Tu n'as que le temps d'inspirer profondément avant que l'eau ne se referme au-dessus de ta tête.

Elle t'entraîne de plus en plus loin dans les profondeurs... Mais tu n'en peux plus de retenir ta respiration. Encore un peu et tu vas te noyer !

Hop ! Ta tête sort de l'eau tout à coup et tu te sens hissée sur une saillie rocheuse. Puis la Créature disparaît dans un plongeon éclaboussant. Te voilà toute seule dans une caverne obscure.

Tout d'abord tu ne vois rien du tout. Puis tes yeux tombent sur une bestiole, une sorte de salamandre, qui brille dans la noirceur.

Que faire ? Replonger dans l'eau avant que la Créature ne revienne, et nager jusqu'au bord ? Ou alors te servir de la salamandre comme d'une lumière pour explorer la caverne et découvrir une autre issue ?

Si tu replonges, passe à la page 13.

Si tu pars à la découverte, saute à la page 34.

13

Tu prends deux grandes inspirations et tu plonges. Tu te retrouves au milieu d'un puissant tourbillon. Un courant impétueux agite l'eau, te ballottant en tous sens; il est beaucoup trop fort pour que tu puisses y nager. Tu as l'impression que ta tête va éclater; d'ailleurs, tu commences à voir des papillons danser devant tes yeux.

Au bout d'un long moment, l'eau finit pourtant par se calmer. Trop tard, hélas ! Tu es à bout de souffle et tu avales de l'eau. Puis, tout devient noir...

Quelqu'un te presse les côtes. La Créature serait-elle de retour ? Tu te redresses, prête au combat.

Mais en ouvrant les yeux, tu te rends compte que tu es de nouveau au bord de la mare. C'est Alex qui essaie de te ranimer. Et voici ta canne à pêche, juste là sur le sol.

— Tu es sauvée ! s'exclame Alex.

Et la Créature dans tout ça ? Eh bien, personne ne l'a jamais revue.

Fin

15

Te devançant, Alex court à la caserne des pompiers. Et ceux-ci ont le temps de préparer leur filet avant que la Créature, qui te serre de près, n'entre à son tour. Et à peine a-t-elle mis le pied dans la place qu'ils le font tomber sur sa tête. Puis ils entourent le filet d'une corde solide.

Mais voilà que l'alarme se met à sonner.

— Que personne ne s'approche de ce monstre d'ici mon retour, tonne le chef avant de sortir. Pas beau à voir, le client ! Il aurait l'air pas mal plus fin s'il était empaillé.

— Je vais aller voir l'incendie, décide Alex.

— Vas-y si tu veux, moi je reste ici, réponds-tu.

Il ne reste plus maintenant que la Créature et toi dans la caserne.

— Ça va aller, lui dis-tu.

Mais est-ce bien la vérité ? Tu la regardes, pauvre créature tout entortillée dans son filet, destinée à finir ses jours... empaillée !

Tu entreprends de détacher la corde.

— T'en fais pas, murmures-tu à ta protégée en retirant le filet. Je vais t'aider à te sauver, ajoutes-tu en la prenant par la nageoire.

Fin

— Je vais l'enfermer dans le garage, décides-tu. Toi, Alex, occupe-toi d'éloigner Tartarin.

Courant à la cuisine, tu ouvres une boîte de thon. Elle aime sûrement ça, la Créature.

Lorsque les jappements s'interrompent, tu sors par la porte arrière, et tu appelles :

— Ohé ! C'est l'heure de dîner !

Tu te diriges alors à bon pas vers le garage, en espérant que la Créature va te suivre.

Tu déposes le thon sur le plancher et tu te caches près de la fenêtre. Et ça marche : la Créature entre et s'accroupit pour manger son poisson.

— Vite, ferme la porte ! cries-tu alors à Alex, demeuré dans l'allée.

Ressortant par la fenêtre, tu t'empresses de refermer derrière toi. Ça y est ! La Créature est emprisonnée. Que devrais-tu faire, maintenant ? Appeler la S.P.C.A. ? Ou alors téléphoner à l'aquarium ? Après tout, elle vient de la mare, cette Créature !

Si tu appelles la S.P.C.A., passe à la page 28.

Si tu téléphones à l'aquarium, saute à la page 49.

THON

— Comment la faire sortir d'ici ? s'inquiète Alex. Tu imagines les réactions si on nous voit avec cette Créature ?

— J'ai une idée, t'écries-tu.

Farfouillant dans l'armoire du passage, tu déniches une paire de palmes bleues et un vieux ciré jaune qui appartenait autrefois à ton père. Vous habillez alors la Créature du ciré, en lui rabattant le capuchon sur la tête, puis vous nouez les courroies des palmes autour de ses chevilles. Ainsi, les palmes lui tombent sur les pieds, couvrant ses vraies palmures.

— Ça y est ! dis-tu à Alex. À tout à l'heure, maman, cries-tu en passant la porte.

— Et maintenant, qu'est-ce qu'on fait ? veut savoir Alex.

La solution la plus simple consisterait à ramener la Créature dans la Mare-à-Meunier. Mais elle aurait tellement plus d'espace dans le grand lac du Soleil ! Évidemment, ça te prendrait de l'argent pour pouvoir la conduire là !

Si tu demandes à ton copain s'il a de l'argent,
passe à la page 37.

Si tu réponds : « Viens, allons la reconduire là d'où elle vient », saute à la page 44.

20 Tu décides de laisser entrer la Créature. Tu fais jouer le verrou et tu ouvres.

— As-tu perdu la boule ? tonne Alex qui se rue sur la porte pour essayer de la refermer.

Trop tard ! La Créature est déjà dans le salon.

Comme elle s'approche de toi, ses pattes

palmées se prennent dans le tapis et elle trébuche. Elle tend le bras en avant.

— Attention ! hurle Alex en sautant derrière un fauteuil.

Passe à la page 54.

— Ma mère ! Oh là là ! Vite, alors, il faut cacher la Créature dans ma chambre !

Tu entraînes donc ta nouvelle amie dans le couloir. Après avoir fait basculer deux chaises et une lampe sur son passage, elle finit par arriver à destination.

— Pour l'amour ! Qu'est-ce qui se passe ici dedans ? s'affole ta mère qui entre au même moment.

— On faisait juste un peu les fous, Alex et moi, lui cries-tu en refermant la porte de ta chambre.

Debout dans un coin, la Créature suit chacun de tes mouvements.

Ta mère en ferait une jaunisse si elle la voyait ! Mais tu as vraiment envie de la garder. Personne ne possède un animal familier comme ta Créature.

Si tu dis : « Vaudrait mieux la faire sortir d'ici », reviens à la page 19.

Tu préfères garder la Créature quelque temps ? Alors, tourne la page.

— Je la garde ! annonces-tu à ton copain.

— T'es pas sérieuse ? s'écrie Alex, qui n'en revient pas. Ta mère ne veut même pas que tu aies un hamster.

— Bah ! elle restera dans ma chambre, pour l'instant. Maman ne s'en apercevra peut-être même pas.

D'ailleurs la Créature vient de s'endormir sur le plancher, donc tout va bien. La pauvre, elle devait être fatiguée. Tirant ton couvre-lit, tu viens l'étendre sur elle, de peur que ta mère n'entre à l'improviste. Et lorsque le soir tombe, ta protégée dort toujours.

Passe à la page 31.

Alex et toi revenez vers la ville à pleine vapeur. Arrivés dans la rue Principale, vous apercevez le barbier, monsieur Roy, qui prend du soleil devant sa boutique. Il vous interpelle :

— Mais quelle mouche vous pique, vous deux ?

— Regardez ! indique Alex, le doigt pointé vers la Créature derrière lui.

— Aaaarh ! s'écrie monsieur Roy en bondissant dans sa boutique, dont il claque la porte avec fracas.

De part et d'autre de la rue, les gens se réfugient dans les magasins sur votre passage, histoire d'échapper à la Créature.

— J'ai pas l'impression que c'est ici qu'on va trouver de l'aide, halète Alex. Si on bifurquait vers la caserne de pompiers ?

Excellente suggestion : il y a plein de monde là-bas, et des filets et des cordes tant qu'on en veut. Et puis tu y penses... il y a aussi le cinéma juste en face : un autre endroit où vous pourriez abandonner la Créature.

Si tu réponds : « D'accord, bonne idée ! »
reviens à la page 15.

Si tu proposes : « Allons plutôt au cinéma en face », passe à la page 47.

LE ROY DES BARBIERS
COUPE AU RASOIR

28 — Il y a une Créature dangereuse dans mon garage, dis-tu au préposé de la S.P.C.A. à l'autre bout du fil.

Tu lui donnes ton adresse, puis Alex et toi allez attendre dehors.

Risquant un oeil par la fenêtre du garage, tu vois la Créature qui gratte les murs, avec force grognements. Comment va-t-elle se sentir alors, enfermée dans une des cages exiguës de la S.P.C.A. ?

Il te vient soudain une idée brillante et tu entres en trombe dans la cuisine.

— Attends-moi, Alex, je reviens tout de suite !

En fait de poisson, il ne reste qu'un tout petit tube de pâte d'anchois. Tu l'apportes dans le garage, tu l'ouvres et tu le brandis vers la Créature.

— Tu vas adorer ça, lui assures-tu.

Après le mauvais tour que tu viens de lui jouer, la Créature se méfie un peu de toi, mais ce tube sent si bon qu'elle se décide, malgré tout, à te suivre dans les buissons. Chemin faisant, tu fais gicler une trace de pâte d'anchois sur le sol, en espérant que la Créature mangera lentement. Tu ne veux pas que l'envoyé de la S.P.C.A. l'aperçoive.

Passe à la page 33.

Avant de te mettre au lit, tu ouvres la fenêtre toute grande pour que la Créature respire du bon air frais pendant la nuit.

De bon matin le lendemain, Alex crie sous ta fenêtre :

— Hé, réveille-toi !

Soulevant les paupières, tu fais le tour de ta chambre des yeux. Mais où donc est passée la Créature ? Ton couvre-lit gît sur le sol, tout froissé. Tu t'approches de la fenêtre.

— Alex ! t'exclames-tu. La Créature a disparu !

Passe à la page 41.

NNE
MAUX

Une portière claque. Tu reviens chez toi au pas de course.

— Et alors, où se cache-t-elle, cette dangereuse créature ? veut savoir le type de la S.P.C.A.

Que lui répondre ? Tiens ! voilà trois matous bien dodus qui rôdent autour du garage, alléchés sans doute par l'arôme du poisson.

— Mes excuses, dis-tu, c'était ces trois chats-là, faut croire !

Le visage en rogne, l'homme remonte dans son camion.

— Toi alors, on peut pas dire que tu manques d'imagination ! grommelle-t-il en mettant le contact.

Oui mais, que vas-tu faire de la Créature maintenant ? La meilleure solution serait sans doute de la reconduire à la Mare-à-Meunier. Peut-être bien.

Mais pourquoi ne pas d'abord entrer en contact avec ta cousine Margot ? Elle qui est en train de faire une maîtrise en biologie marine, et qui connaît tout sur les baleines et les dauphins, peut-être aura-t-elle une idée encore plus pertinente.

Si tu décides de ramener la Créature à la Mare-à-Meunier, va à la page 50.

Si tu téléphones à ta cousine Margot, passe à la page 38.

34 Tu décides d'explorer la caverne. La salamandre prend les devants et, en se tortillant, elle file vers une ouverture qui bée un peu plus loin dans la paroi.

Une ouverture ! Une sortie, peut-être. Tu pousses quelques pierres pour te frayer un chemin. Te voilà maintenant dans une grotte un peu plus petite que la première, un peu moins sombre aussi. Elle est remplie de pierres de toutes dimensions. Tu dois d'ailleurs t'appuyer sur l'une d'elles pour ne pas perdre pied. Sauf que... ce n'est pas une

pierre ! C'est une tête d'un or verdâtre traversée en son milieu par une nageoire ! Et la pierre voisine est... une autre Créature ! C'est bien simple, la grotte en est pleine !

Ta seule chance de t'en sortir est de convaincre les Créatures que tu es l'une d'entre elles. Vite, tu t'accroupis contre la paroi de la grotte. Qui sait ? Si tu y restes assez longtemps, peut-être te poussera-t-il des écailles et une carapace ? En tout cas, tu en as pour un bout de temps à moisir dans les profondeurs !

Fin

— Mais pourquoi t'as besoin d'argent ? s'étonne Alex.

— Je pense que nous devrions emmener la Créature dans une étendue d'eau plus vaste, expliques-tu, histoire de lui donner plus d'espace pour bouger. Le grand lac du Soleil, par exemple. Seulement, il faut prendre le train pour y aller. Et avec mes deux pauvres petits dollars, je n'en ai pas assez pour payer les billets.

Alex étouffe un grognement :

— Moi qui économisais pour m'acheter un dix-vitesses !

Il fait néanmoins un saut chez lui (c'est la porte voisine) et il te rapporte toute sa fortune.

Vous achetez donc deux aller-retour et un aller simple pour le lac du Soleil. Prenant bien soin d'abaisser le capuchon du ciré pour que personne ne puisse voir le visage de la Créature, vous montez dans un wagon.

Au bout d'une heure, le convoi entre en gare au lac du Soleil.

— Terminus ! Tout le monde descend, annonce le chef de train.

Des vacanciers munis de bouées et de serviettes se dirigent vers la plage, et la Créature leur emboîte le pas. Oupse ! voilà tout à coup que son capuchon glisse en arrière.

— Un monstre ! hurle une dame affolée. Appelez la police !

Passe à la page 42.

38 À peine a-t-elle entendu parler de ta Créature que ta cousine Margot s'amène tambour battant.

— Oh, oh ! fait-elle en la voyant. On dirait qu'elle est sur le point de sortir de sa carapace. Ce qui veut dire qu'elle grossit. Sais-tu, j'ai bien envie de la ramener au laboratoire de l'université. Comme ça, je pourrais surveiller sa croissance. Et d'ailleurs, elle y sera plus en sécurité que dans la Mare-à-Meunier, surtout sans sa carapace.

Tu aides donc Margot à faire monter la Créature à l'arrière de son camion-remorque. Tu sais bien que c'est la solution la plus raisonnable. Pourquoi alors cette tristesse qui t'envahit ?

— Dis, Alex, tu crois qu'elle nous aimait ? demandes-tu.

Puis tu te retournes vers la Créature.

— Je vais venir te voir chaque semaine, lui promets-tu. À bientôt.

Les yeux sur le camion-remorque qui démarre, tu aperçois à la fenêtre la Créature qui agite la main vers vous, comme pour vous dire au revoir.

Fin

— Je le sais, rétorque Alex. C'est ça que je venais te dire, justement. À un moment donné, cette nuit, les jappements de Tartarin m'ont éveillé. Il y avait un de ces clairs de lune ! Je me lève donc, je m'approche de la fenêtre et j'aperçois la Créature dehors, debout devant chez toi. Mais ce n'est pas tout ! Il y avait autre chose qui bougeait dans l'ombre. Je ne sais pas trop ce que c'était, mais en tout cas je n'ai jamais rien vu d'aussi gros.

— Voyons donc ! Tu devais faire un cauchemar.

— Un cauchemar ? Alors explique-moi ce que c'est que *ça !* réplique Alex en montrant le sol. Je te gage qu'elles conduisent tout droit vers la Mare-à-Meunier.

Il y a par terre deux séries d'empreintes de pas. Les premières, pratiquement de la grosseur du pied d'Alex, ont été faites par les pattes palmées de la Créature. Mais les secondes ! Elles ont sensiblement la même forme, mais elles sont au moins *quatre fois* plus grosses.

Fin

42 Alex s'efforce de rassurer tout le monde.

— Allons donc, vous avez déjà vu ça, vous autres, un monstre qui porte un ciré jaune ? demande-t-il.

La Créature entre dans le lac où elle s'avance jusqu'à ce qu'elle ait de l'eau jusqu'au cou. Les écailles rutilantes, elle se retourne alors pour vous jeter un dernier regard, puis elle plonge. Les palmes lui pendent toujours aux chevilles quand elle disparaît sous l'eau.

Alex et toi gardez les yeux rivés sur le lac pendant quelques minutes, mais seul le ciré jaune flotte à la dérive.

— Dommage que nous n'ayons pas nos cannes à pêche, remarques-tu.

— Je ne pense pas retrouver l'envie de pêcher avant un fichu de bout de temps ! rétorque Alex. On ne sait jamais ce qui pend au bout de la ligne.

Fin

44 Emmenant la Créature avec vous, toi et Alex entreprenez donc de retourner à la Mare-à-Meunier. Vous venez d'atteindre le sentier qui traverse le boisé qui y conduit quand Tartarin vous rattrape. Jappant comme un fou, il se met à mordiller les jambes de la Créature. Alex a beau crier :

— Non, Tartarin !

C'est peine perdue. Voilà la Créature qui file dans le sous-bois, le colley sur les talons.

Prêtant l'oreille, tu entends ta protégée courir à fond de train à travers les ronces et les fardoches. Puis, peu à peu, les craquements s'estompent jusqu'au silence.

Vous retrouvez le ciré à proximité du sentier. Tartarin revient bientôt, la langue à terre. Quant à la Créature, jamais plus vous ne la revoyez.

Quelques mois plus tard, cependant, une manchette de journal attire ton attention : COUPLE TERRORISÉ PAR UN MONSTRE MARIN, lis-tu. L'article parle d'une Créature chaussée de palmes qui aurait engouffré un pique-nique complet — y compris le panier — avant de disparaître dans la baie.

Or, la baie se trouve à plus de cent kilomètres de la Mare-à-Meunier ! Mais enfin, combien peut-il y avoir de Créatures chaussées de palmes ?

Une seule, la tienne !

Fin

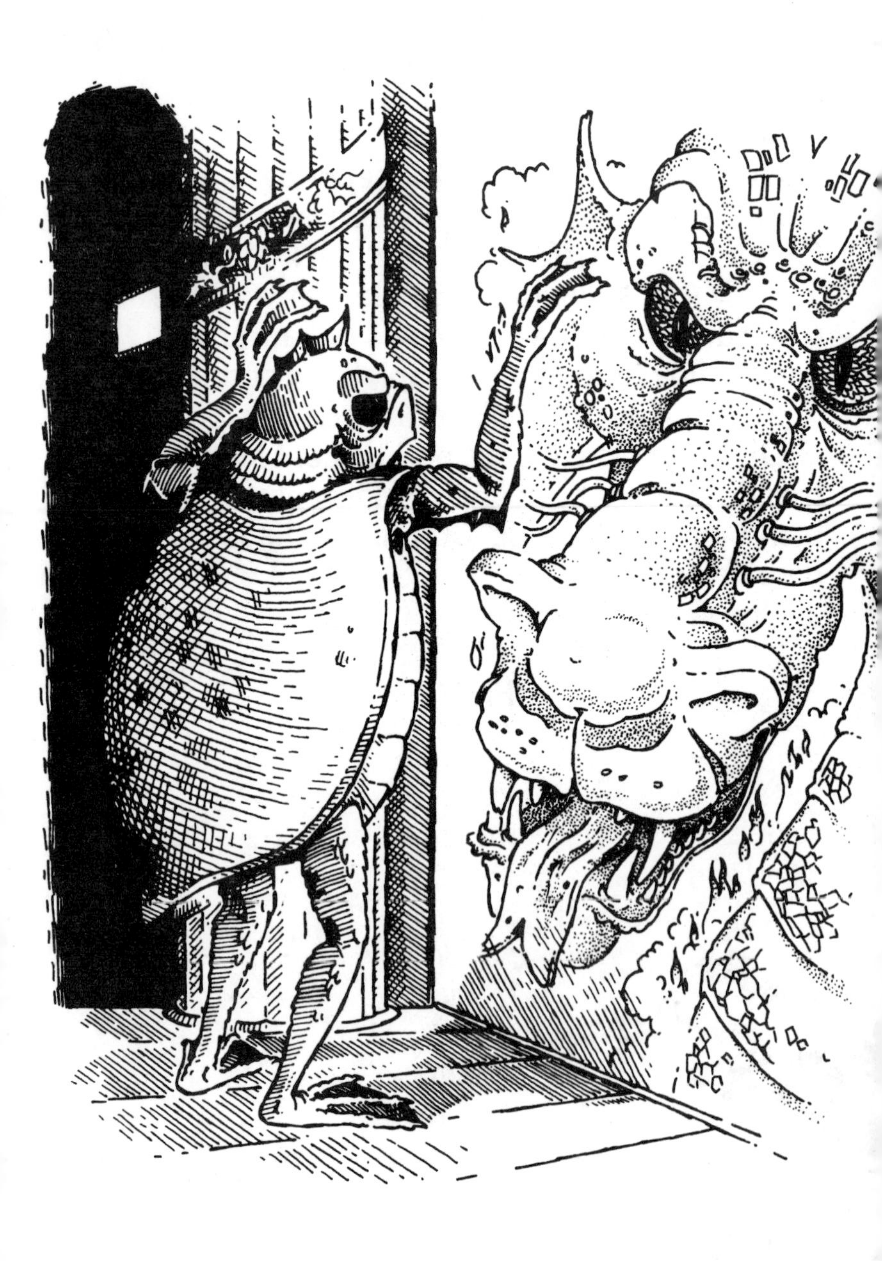

La séance est déjà commencée lorsque vous arrivez au cinéma. Le préposé aux billets a même quitté son guichet, de sorte que vous vous y faufilez pour vous y cacher.

La Créature ne vous a pas vus. Elle se dirige vers la porte entrouverte de la salle de projection, qui est plongée dans l’obscurité. Des cris et des hurlements s’élèvent bientôt à l’intérieur de la salle.

— Ça y est, marmonnes-tu, la voilà qui fait des siennes !

— Mais non, rétorque Alex, le doigt pointé vers une affiche. Regarde le titre du film : *GANDOR, LE MONSTRE DES ENTRAILLES DE LA TERRE.*

Pénétrant dans la grande pièce sombre, vous apercevez la Créature, grimpée sur la scène juste devant l’écran. Dans le film, Gandor grogne à vous faire dresser les cheveux sur la tête; et dans la salle, la Créature pousse des grognements de son cru en foudroyant Gandor du regard.

Les spectateurs ont l’impression que c’est « arrangé avec le gars des vues ! »

— Mais c’est formidable ! s’écrie un gamin.

Les lumières s’allument tout à coup et le gérant du cinéma vous fait signe :

— Hep, une petite minute, vous deux !

— C’est ici qu’on va y goûter ! te souffle Alex.

Passe à la page 52.

À l'autre bout du fil, un certain monsieur Gervais, de l'aquarium, écoute ton histoire avec grand intérêt. Il arrive bientôt chez toi pour emmener la Créature.

— Je l'ai attrapée toute seule ! te vantes-tu au moment où il va prendre congé, en emportant la Créature dans son camion-citerne rempli d'eau.

— Tu as bien dit *toute seule ?* relève Alex après son départ.

— Y a rien là ! réponds-tu.

— Eh bien tant mieux ! ricane ton copain. Comme ça, tu pourras t'arranger toute seule avec ceux-là aussi !

OH, OH ! Deux autres Créatures à l'air affamé débouchent au coin de ta maison !

Mais Alex décampe avant même que tu n'aies le temps de lui crier :

— Apporte d'autre poisson !

Fin

50 — On ramène la Créature dans la Mare-à-Meunier, décides-tu. Allez viens, Alex. On va sortir par la cuisine et longer la ruelle.

Tout va bien jusqu'à ce que vous passiez près de l'étang aux nénuphars de madame Bradet, qui y élève des spécimens assez rares de poissons rouges. Voilà soudain que la Créature se jette à l'eau et les engouffre tous.

— Faut croire qu'elle avait besoin de retourner à l'eau, murmures-tu.

— Voilà madame Bradet qui s'amène ! chuchote Alex en entendant une porte s'ouvrir, et vous filez tous deux vers le trou de la clôture.

La dame se met à vociférer. « Assez pour que la Créature ait la peur de sa vie ! » songes-tu.

— Déguerpissons ! fait Alex tandis que tu reviens dans le jardin.

— Toi alors... toi... toi... crachote la vieille dame.

Mais la Créature lui a déjà saisi le bras et ils exécutent ensemble un spectaculaire plongeon vrillé dans la piscine.

Tu sais que tu vas te faire passer un vrai savon ! Mais ne serait-ce que pour avoir assisté au ballet aquatique de madame Bradet et de la Créature, ça en valait vraiment la peine !

Fin

— C'est vous, les responsables de ça ? demande le gérant en pointant la Créature du doigt.

— Euh... eh bien, oui, en quelque sorte.

— Merveilleux ! Jubile-t-il. En plein ce qu'il nous faut. Combien la vendez-vous ?

— La Créature ne nous appartient pas, expliques-tu. Elle nous a tout simplement suivis. Elle habite la Mare-à-Meunier...

— Je me fous de l'endroit où elle habite, coupe le gérant. Ce qui m'importe, c'est qu'elle revienne ici samedi pour la projection de notre programme double. Deux films à vous glacer le sang dans les veines !

Vous en arrivez donc à une entente : tous les samedis, en échange de deux laissez-passer plus un dollar chacun, Alex et toi vous rendez à la Mare-à-Meunier attendre que la Créature vous suive docilement jusqu'en ville.

Et votre protégée passe tout l'après-midi à grignoter du maïs soufflé, en poussant des grognements féroces à l'intention des monstres de l'écran. Et après la projection, vous la reconduisez à la Mare-à-Meunier où elle attend le samedi suivant pour redevenir le clou du spectacle.

Fin

54 Mais toi tu ne bronches pas.

— Je ne crois pas qu'elle veuille nous faire du mal, dis-tu.

Comme de fait, la Créature se contente de poser une main couverte d'écailles sur ton épaule.

— Hein, tu vois ? Elle m'aime !

— Comme c'est chouette ! ricane Alex. Eh bien, ça me fait de la peine de t'annoncer ça, ma chère, mais je pense que c'est ta mère qui vient de se garer dans l'entrée.

Reviens à la page 23.

L'AUTEURE

Susan Saunders a grandi sur un ranch au Texas, où elle a appris à monter les chevaux de rodéo. Diplômée du collège Barnard, elle a été tour à tour céramiste et réviseure de films pour enfants. Madame Saunders, qui réside actuellement à New York, est aussi l'auteure de *La chose verte,* un autre livre de la série CHOISIS TA PROPRE AVENTURE.

L'ILLUSTRATEUR

À la fois dramaturge, concepteur de décors, bédéiste et illustrateur de revues et de livres pour enfants, **Ted Enik** a élu domicile dans la métropole américaine. Monsieur Enik a notamment illustré les six tomes de la série *Les enquêtes mystérieuses de Sherloque Fin-Museau, détective,* parue chez Héritage.